ZWISCHEN TUER & ANGEL

Verlag Neues Leben

Dieter Kerschek

ZWISCHEN TÜR & ANGEL

ISBN 3-355-00783-8

Lizenz Nr. 303 (305/93/88)
LSV 7005
Schutzumschlag und Einband: Wolfgang Gebhardt
Typografie: Katrin Kampa
Schrift: 11p Helvetica
Gesamtherstellung: Betriebsschule Rudi Arndt, Berlin 5960
Bestell-Nr. 644 566 2
00650

Der Spaß an der Sache

fängt an
wo der spaß aufhört
& die sache beginnt

& der spaß nicht endet
& die sache zum spaß wird
zum spaß an der sache

DENN DER SPASS AN DER SACHE
IST DER SPASS AN DER SACHE

& der fängt an
wo der spaß aufhört
(usw.: siehe oben)

Schein Kontrolle

ihren fahrschein bitte ihren
laufschein bitte ihren
krankenschein bitte ihren
sonnenschein bitte
ihren leihschein bitte
ihren anschein bitte
ihren giftschein bitte
ihren totenschein
bitte ihren
vorschein
heiligenschein
berechtigungsschein
bitte ihren geldschein bitte
ihren scheinschein
bitte
danke
na schönen dank auch
na ich danke

Die Gerüche

im flur riecht's nur nach kaltem kohl
im gelben zimmer riecht's nach alkohol
im braunen nach papier und rauch
nach staub nach bier nach andern dingen auch

es mischen sich vielfältige gerüche
(sie kommen nicht nur aus der küche)
in meine reden pläne träume flüche
ich bin.
also ich rieche.

Geräusche

die zeitgenössischen sirenen
singen. (das rettungsamt ist nah.)
paar vögel & die türen quietschen.
verdammt! wer hämmert da?
das wasser rauscht in rohren
        in den wänden.
löffel & teller klirrn. ein radio heult.
das mobiliar knarrt vor sich hin.
der kessel brummt. (er ist verbeult.)

ich mach geräusche mit der hand.
bandonium
(: es jault wie ein geschundnes tier
in alten zeiten.) –
im bleichen himmel dröhnen die motoren
von fliegenden maschinen. an mein ohr
dringt jeder laut. (auch stille. & das schweigen
ist lauter als zuvor.)

das zeitzeichen. nachrichten & informationen,
berichte & gerüchte, alles rauscht vorbei.
(ich wünschte mir gelegentlich dreitausend ohren,
doch gab man mir nur zwei.)
& auf dem einen bin ich taub,
        oder ich stell mich so.
doch selbst das unerhörte kann
        & muß man hören.
(z. b. die geräusche aus dem nachbarklo,
wo nachts seltsame hirsche röhren.)

die luft ist ein geräusch. – der lärm der sonne.

die erde kollert ächzend durch den raum.
schluchzen, gelächter, brummen, brüllen, wimmern.
(ich hab 'nen kleinen mann im ohr, man hört ihn,
doch man sieht ihn kaum.)

es tickt im holz. die zeit? ein zünder?
es knackt im telefon, im draht.
im fernsehen zeigt man eine explosion.
der sprecher spricht von attentat.

Komm Mond

komm runter, mond, komm runter
& mach platz für den blues
den blues der ausgepowerten seelen
aus august fenglers keglerheim
mond, komm runter, mond

tauch ein in die wolken aus qualm
& gezeter
tauch in die tümpel aus branntwein
& bier,
komm halbmond, wir lassen uns voll
– laufen ...
der tisch hat vier beine,
        der mensch, der hat zwei
was ists fürn tag? – irgendeiner
& der ist gleich vorbei

komm mond, komm runter
wir lassen jetzt den blues hoch
den blues der ausgepowerten seelen
aus august fenglers keglerheim

„The Best Of Janis Joplin“

auf einmal
kullern aus den songs tränen raus
& kullern die wand lang

& auf einmal
da kullert die wand
& das haus

dann knackt der plattenspieler
& alles ist aus

Sonne bleib

bleib sonne, bleib oben
fall bloß nicht runter aus dieser höhe
: meine freundin hat'n zopf am kopf
& augen wie waldseen

bleib oben sonne, meine freundin
meine freundin friert sehr schnell & wird blaß
zwischen den harten mauern dieser erkälteten stadt
& auch mir läuft's kalt übern rücken

wenn ich die regimenter der schneemänner seh,
die in den nebenstraßen lauern
– „don't think twice,
it's allright ..."

fall bloß nicht da oben runter, sonne
bleib, wo du bist, bleib oben
liebe sonne & scheine
& tau uns auf

Prost Till

alles gesehn: gaukler, aufs rad geflochtne, blinde
in herbergen, manch armes schwein
die geile köchin und den fetten richter
metzen, metzger, gepanschter wein

der floß in strömen. alte fürsten, neue pfaffen
gebratnes und gesottnes, hochgelahrte herrn.
büttel, banditen, bauern, bäcker, bettler
sah ich – soff, hörte, hurte, fraß – alles – bis auf
den kern

ein schwieriges geschäft! immer die wahrheit
sehn. und sagen!
(aasgeier waren meine ständigen begleiter)
sprach er, dann wurde er zu grab getragen.
„auf unser wohl! prost till! der kampf geht weiter!"

. . . dann riß der strick. der sarg segelte ins offene
loch.
und till blieb aufrecht stehn. als leiche noch.

Fernfahrkarte

das jahr zweitausend steht vor der tür
wie man so sagt & ich steh vorm fahrkartenautomat
& mach lockerungsübungen
auf seinen sensiblen tasten

kopfstand handstand softeis software
software softeis handstand kopfstand
mikroships mikroskop makrokosmos
makulatur horoskop kartoffelchips

ich steh vorm fahrkartenautomat & will
ne fernfahrkarte ins jahr zweitausend
& eins schließlich erlebt man
die jahrtausendwende nur einmal

im leben aber das ding funktioniert
nicht luftfahrzeuge explodiern
in der luft die flughäfen sind
abgeriegelt die fahrkartenautomaten

nicht zuständig nicht zuständig
nicht zuständig nicht zuständig nicht
zuständig nicht
zuständig nicht zuständig ach ach

– ach leckt mich am arsch ich gehe
zu fuß

Aber

aber wenn eines morgens
der mann im radio
harakiri sagt

& nicht guten morgen

aber wenn eines tages
herr müller aus'm bunker kriecht
oder herr schmidt oder herr niemand

& seinen schatten trifft

(oder den schatten des schattens)
& fragt na mein lieber
auch gut übern krieg gekommen

: sie strahlen ja so

aber aber
aber na ja
aber noch sagt der mann im radio

guten morgen

Aufruf (stark reduzierte Fassung)

. . .
grimmiger unsere gebrüder grimm!
handlicher unsere handteller!
richtiger unsere richtschnüre!
gründlicher unsere grundzüge!
ordentlicher unsere verordnungen!
kindlicher unsere kinder!
jugendlicher unsere jugendfreunde!
frischer unsere frischhaltebeutel!
netter unsere anette! (& sonette)
kräftiger unsere triebkräfte!
merklicher unser hauptaugenmerk!
schöner unsere dörfer und städtchen!
schöner unsere frauen & mädchen!
tragischer unsere tragflächen & erträge!
schneller unsere schnellgerichte & schnellstraßen!
höher unsere hochzeiten & hochhäuser!
weiter unsere weitspringer & weitwinkelobjektive!
größer unsere großmütter & großväter!
länger unsere langzeilen!
schwärzer unsere schwarzbrote!
beweglicher unsere bewegungen!
sicherer unsere sicherheitsnadeln!
zündender unsere zündhölzer!
natürlicher unsere naturforscher!
lustiger unsere lustspiele!
trister unsere belletristik!

tierischer unsere haustiere!
roher unsere rohstoffe!
transparenter unsere transparente!
. . .
. . .
menschlicher unsere menschen
mach mit

Schweigen

so still. kein ton. von dir kein wort
das mich bewegt – nur dieses schweigen.
utopia heißt deutsch: nicht ort.
ein blatt stürzt
                                        taumelnd
aus den zweigen. sehr unverbindlich still
& welk – sogar das radio schweigt.
die krähen träumen vom april.
der wasserstand der flüsse
                                                                        steigt

März oder Victor Farris ist tot

der billigste speisequark wird zur metapher
& deng xiao ping raucht noch immer
zigaretten der marke „panda“ wie man hört

ist inzwischen auch der erfinder
der büroklammer & der dreieckigen milchtüte
in palm beach/florida gestorben & sterben

müssen wir alle auf vielfachen wunsch
singt peter schreier die toselli-serenade
sagte soeben die nette dame im fernsehn

die blendenden bilder aber ich geh jetzt
erstmal raus & erwarte den frühling
weil ich weiß daß er kommt

Still ruht der See im April

....
....
....

ICH WILL
SO EINE ROTE
NELKE AUS DRAHT
& AUS KUNST STOFF!

trotz karies kopfschmerz & alldem
was fast schon zuviel ist für einen
mit augen ohrn nase & mund – ha!
ich lach noch

& denk
& denk doch

: EINMAL MIT CASTRO ZIGARRN/RAUCHEN
& BLICKEN AUFS MEER

(1981/1984)

Mai-Losungen

es lebe der frühling mit all seinen folgen
es lebe die unverbrüchliche freundschaft zwischen
eskimos
& indianern & allen völkern dazwischen
es lebe der dicke mann in der s-bahn der schwitzt
es leben die fische im müggelsee (die solln leben)
es leben die angler am spreetunnel
es lebe die kassiererin in der kaufhalle die auch
schwitzt
(: besonders am freitag)

– es leben willfährige mitmacher die alles
mitmachen
– es leben millionäre & multinationale konzerne
– es leben millionen die hunger haben (die solln
leben)

es lebe die fröhlichkeit die von innen kommt
es leben die traurigen die ihre trauer überwinden
es lebe der erste mai
es leben die horizonte
es lebe die hoffnung & all ihre verbündeten
es lebe die kampagne für nukleare abrüstung

es lebe die befreiung der wellensittiche & aller
andern
gefangenen federtiere
es lebe der aufstand gegen die mitteleuropäische
mittelmäßigkeit
es lebe dieter kerschek & seine gedichte
(besonders dieses)

es lebe die revolution der fantasie & die
weltrevolution
es lebe die ruhe es lebe die unruhe
es lebe alles lebendige

: es lebe das weltall & nichts weniger

Der Juli fängt an

mit einem telefongespräch
& einem hochdruckgebiet
auf satellitenfotos & wetterkarten
& mit einer flasche
budweiser bier
fängt der juli an
wie der juni verendet
: lautlos auf den kalendern
die in die welt gehängt wurden
fängt der juli an
zwischen spalierbildenden häusern
& über bürgersteige steigenden bürgern
beinah unauffällig
& aus heiterem himmel
ohne papierfähnchen & hochrufe
ohne gebrauchsanweisungen
fängt der juli an
über zehnfünfundfünfzig berlin
erscheint eine wirkliche sonne
obwohl sie bald wegrutscht
& noch immer plakate
die abstumpfung fordern
der gehwege & fahrbahnen
des verflossenen winters

Landschaft mit Strandhafer

das land liegt flach. wir liegen
im sand. sie lächelt. mild
: siehst du die fliegen fliegen?

ja. fliegen fliegen
& wir liegen
im sand. ich bin im bild.

fotografiert.
                              & observiert
: das stückchen land! auf dem wir liegen!

ein küstenschutzschiff patroulliert.
die abfangjäger, seh ich, fliegen
schön tief.

                              habs registriert.

sagt sie. wir bleiben. liegen.
nichts ist passiert. die fliegen fliegen

Strand

die küste küßt die see. das wasser geht
an land. wo ist der horizont? im tee
löst sich der zucker. zwischen meinen zähnen

den hinterbliebnen, nichts
als sand

Cao Sao Vang

dezembrischer grauschleier & rauh
reif an den rändern
des städtischen ballungsgebiets
bleibt einem nichts

weiter übrig als analgin
fagusan (krefavin) & der aromatische
balsam „Goldener Stern“ der
aus erstklassigen rohstoffen

vietnams hergestellt wird
& erleichterung schafft
bei erkältungskrankheiten schnupfen
hautentzündungen kopfschmerzen

& schwindelgefühl sowie
bei insektenstichen: der balsam
wird auf der stirn den schläfen unter
der nase bzw. auf den betroffenen

stellen dünn aufgetragen
& gut verrieben: mehr
ist dazu eigentlich nicht
zu sagen. schmerz beiseite

Das wollte ich schon immer

ein gedicht schreiben
entgratet & abgerundet
so'n schönes gedicht
das nicht aneckt
& keinem weh tut
mit viel viel sonne
nur von zeit zu zeit
darfs mal reinregnen
ganz
kurz
in dieses gedicht
dieses liebliche
leibliche
männlichweibliche
blumige blumengedicht
petersiliengedicht
das man essen kann
das sich streicheln läßt
ohne formalitäten
ein gedicht
in dem wir du zueinander sagen
   du
so leicht
so zart & fröhlich
daß es unheimlich wird
das gedicht
für alle & keinen
& für die eine
& für die andern auch
gut klimatisiert & durchlüftet
soll es sein

& zum lachen
lustig um lust zu machen
kein richtiges gedicht
& kein falsches
ein gedicht
in dem man sich anruft
& verabredet
um ins kino zu gehn
oder woanders hin
oder ganz woanders
ein gedicht
das keinen schalen geschmack hinterläßt
wenn man's durchkaut
komisch genug
um nicht unbedingt
tragisch zu enden
zwischen kitsch & kaos
auf diesem kalten
brennenden stern

Wer weiß, was es ist

es ist kein gedicht
es ist wie es ist
es kann ja nicht immer so bleiben
es wird schon werden
es ist immerhin möglich
es ist nicht so einfach
es ist keine kunst
es ist an der zeit
es ist nicht wie es ist
es ist nicht zu fassen
es ist ein donnerstag im februar
es ist erbärmlich kalt
es ist kein wunder
es ist zum verrückt werden
es ist nicht persönlich gemeint
es ist zum kotzen
es ist keine handelsware
es ist weder der rucksack von luis trenker
          noch die augenfarbe von marika rökk
es ist einfach lächerlich
es ist nicht es
es ist doch ganz einfach
es ist nicht so
es ist so oder so
es ist endlich an der zeit zu sagen was
es ist
es bleibt uns nicht erspart
es bleibt zu hoffen & wünschen & nicht nur das
es bleibt nicht wie es ist es wird

es wird vielleicht doch noch
ein gedicht

es ist erstaunlich
es ist eins geworden

Desire. Wunsch. Verlangen.

irgendwas
nagt in mir. hier
gibt es allerlei
getier.

(ich bin nicht da. du
bist nicht hier.)

sterne am himmel, in packpapier
gewickelt. verwickelt. „krah!“
krächzt ne krähe. du bist nicht da.

nicht da. nicht da.
nicht hier. nicht hier.

ein alter
& wohlbestallter vampir
spielt klavier.

(links zwo drei
vier.)

MENSCH!
MIR IS SO!!
SO SEHR NACH DIR!!!

Achten Sie bitte auf Zimmerlautstärke

meine herrn mir gehts soweit
ganz gut meine damen entschuldigung
udo jürgens war noch niemals in new york
& einer heißt heinz oder florian

einer singt spricht stottert
oder skandiert rhythmisch laut sprechend
die gewinnzahlen der woche
(ohne gewähr)

einer hört zu & einer hört auf
einer hört auf zu zu hören
volkstümliche weisen & kritiker am mikrofon
(zwischendurch tagen die grünen in hagen)

einer heißt kohl & ist kanzler nebenan
nebenan ißt einer kohl & heißt auch helmut
(wer sich verkohlen läßt wird abgekanzelt)
liebe hörerin lieber hörer

es ist schon wieder fünf vor zwölf

fünf vor zwölf ist es immer noch
noch immer bleib ich hier & fahr nicht nach hawaii
(obwohls inzwischen bier gibt auf hawaii)
& jetzt folgen die nachrichten von gestern

die nachrichten von gestern sind die neuigkeiten
von heute
achten sie heute bitte auf zimmerlautstärke
in kürze wird die langfassung des schneewalzers
intoniert
von sgt. peppers lonely hearts club band

Neuerdings ist alles anders

neuerdings werden die tage immer kürzer
& die gedichte immer länger
& jetzt beginnt so ein langes gedicht
& man wird mich wieder fragen warum
ich alles klein schreibe
& dieses komische &-zeichen benutze
& ich werde wieder sagen weil es spaß macht
& das &-zeichen das unseriöse element ist
& nicht nur das schriftbild lockert
sondern auch 2 buchstaben einspart
(obwohl sich das & die taste mit der 5 teilt)
aber darum geht es nicht

aber darum geht es nicht
vielleicht geht es nur ums leben
oder ums waldsterben
(: denn „wir deutschen
haben eine besondere beziehung zum wald"
sagte kürzlich ein christlicher demokrat
aus dem anderen deutschland)
aber darum geht es nicht

neuerdings schlafe ich schlecht ein
neuerdings beginnen meine träume
in einem bett & enden
in einem andern neuerdings
falln mir die haare aus
& ich habe keine lust mehr
nur klassiker-inszenierungen zu besichtigen
(womit natürlich nicht das geringste
gegen goethe gesagt ist)

neuerdings ist alles anders
manche sind schon morgens müde
manche sind schon nachmittags müde
manche sind schon dabei aufzugeben
& alles an den berühmten nagel zu hängen
alles
auch sich
aber darum geht es nicht
aber darum geht es doch

neuerdings fahrn panzer durch meine träume
neuerdings ist alles wie immer
neuerdings fühl ich wieder sowas wie sehnsucht
trauer wut zorn & verzweiflung
neuerdings beginne ich wieder französisch zu
lernen
& lese die zeitungen
von hinten nach vorn
& von vorn nach hinten

aber jetzt gehn wir erstmal 1 bier trinken
(weil das gedicht sonst zu trocken wird)
& dann beginnt das bier zu schmecken
& dann werden aus einem bier 12
oder 14
& dann warten wir auf die sternschnuppen
die doch irgendwann mal zu sehn sein müssen
wenn sie aus dem himmel falln
& dann können wir uns was wünschen
aber darum geht es nicht

obwohl es gut tut einfach beim bier zu sitzen
& zu spürn wie die erde sich dreht

& man einfach gehen könnte
& man einfach bleiben kann

ach ja die beatles sagt einer
& denkt an das lächeln einer kindergärtnerin
& der rotzige sound der sex pistols
ist inzwischen auch nur eine episode
in der geschichte der populären musik
sagt ein anderer
& plötzlich beginnt tatsächlich jemand
(jemand von dem man alles erwartet hätte
nur das nicht)
die internationale zu summen
& plötzlich bemerkt man
daß dieses lied ganz anders klingt
wenn der chor der staatsoper singt
aber darum geht es nicht

aber darum geht es doch
wenn ich hin & wieder
zu der einen oder andern
sage ich will dich
immer nur ansehn
geht es nicht darum
obwohl es auch darum geht
... ...
& wenn mich der mond anglotzt
treu & ergeben
& eine hundestreife durch den park streift
& die blätter unter den füßen rascheln
& der schnee unter den sohlen knirscht
(– oder wenn man das seltne gefühl hat
nur da zu sein & sonst nichts –).

aber darum geht es nicht

neuerdings heißt die jahreszeit herbst
neuerdings werden die personalausweise umge-
tauscht
neuerdings ist es wissenschaftlich erwiesen
daß bald ein winter stattfindet
& ich möchte trotzdem kein eisbär sein
(obwohl ich keiner bin)

jedenfalls ist alles ganz anders
als in den vergangenen jahren
& jähe wendungen sind möglich
(sagte eine führende persönlichkeit)
& vielleicht geht es wirklich nur ums leben
aber nicht nur

obwohl es nur darum geht

(1983)

Als wir um die ecke bogen

& einer von uns rief carola
komm runter & carola nicht da war
oder schlief

als wir schon fast achttausendmal
den mond gesehen hatten & der mond
trotzdem aussah wie ein neues zwanzig–
pfennigstück oder eine frische gedenkmünze

als wir im befreundeten ausland
weilten & noch in den entlegensten winkeln
die vertrauten klänge inländischer mundart
vernahmen

als ich das erste mal mit den fingerspitzen
vorsichtig die brüste eines erwachsenen
mädchens berührte & so
weiter

als wir das erste mal völlig hilflos
dastanden & tommi krepierte
& wir konnten nur wegsehn oder
hinsehn sonst nichts

als wir freiwillig nach vietnam wollten
oder sonstwohin & die insel rügen
zum freistaat erklärt wurde allerdings
nur theoretisch

als die ersten von uns feste bindungen
eingingen & damit gebunden waren

an ein versprechen oder
einen fahneneid oder

als ich die züge abfahrn sah
& einige von uns in den falschen
zug stiegen & ich blieb auf dem bahnsteig
unserer provinzhauptstadt stehn

als wir das buch von fanon ausgelesen
hatten & eine rote fahne mit trauerflor
wehte & unsere ahnungslosigkeit so groß war
wie unsre irrsinnigsten hoffnungen

Kassiber oder Legende von Carmencita

„Ich erkläre mit Nachdruck den heimlichen Schmuggel des Pulvers an der linken Seite des Leichnams einer Nachtigall, meiner Freundin“

Rafael Alberti

1/
weils kein frustgedicht is'n
lustgedicht: carmencita ich will dich
jetzt küssn
hinters ohr aufn hals weils so schön
is carmencita ich will dich
jetzt küssn auf deine augen
dassde was siehst carmencita
& immer noch wieder schon vor madrid
auf barrikaden singt der sänger
in der stunde der gefahr & ich will
dich jetzt küssn aufn mund
dassde was sagst carmencita

die wechselnden moden – haste
wechselgeld inner kasse carmencita
ich geb dir'n geldschein für
butter & brot & flaschen & grüne
bohnen carmencita ich geb dir
was von mir für moccafix
& schokolade ja ja carmencita
wie groß du bist du gehst
mir bis zum kinn kindchen ich will
dich jetzt küssn bloß so

die falken & tauben die verstehns
nich sagste mir immer wieder & die leute
ausm haus & da sehn wir uns lieber
'n kinderfilm an von früher & die
kolleginnen weeste wie schlimms is
sagste immer wieder & ich versuchs
zu verstehn & die augen geschlachteter
kühe mußten wir seziern damals
im biologieunterricht

carmencita die wechselnden monde
& pulverfässer auf denen wir
sitzen & liegen & schwitzen carmen
cita dein liebliches ohr
läppchen & die stumpf
sinnigen & die wahn
witzigen mords menschen
freunde wir müssen was tun
wir müssen jetzt alles
tun & wir müssen jetzt weiter
machen wir wolln nich
kaputtgehn carmencita das weißte
doch ich will dich
jetzt küssn bloß so

bloß so aufn bauch
nabel oder woanders
hin & im westen gibts
was neues aber immer noch nichts
neues carmencita mir is so
zum lachen wennde mich
kitzelst mir is so manchmal
zum heuln wennde weggehst mir is

so illegal orte zu suchen
mit dir orte zum bleiben & orte
zum gehn

komm carmencita komm
gib mir deine hand hier is deutsch
land komm carmencita ich lotse
dich durch
meine kindheit & die altersheime
im neubaugebiet komm gehn
bleiben & nich stehn
bleiben im zentralkomitee
der sehnsucht brennt noch licht
carmencita ich will dich
jetzt küssn aufn mund
dassde was sagst dassde
jetzt endlich was wagst

2/
was soll ich
noch sagen carmencita du ahnst meine
abwesenheit
deine abwesenheit wind & wetter & die
politische großwetterlage – die kalt gewordnen
zigarrn falln in die rinnsteine

wieviel BRIEFE AUS DEM GEFÄNGNIS
wurden geschrieben
wieviel mißglückte aufstände
niedergeschlagen wieviel genickschußexperten
ausgebildet wie oft & wer
wurde erschossen AUF DER FLUCHT und wieviele

wurden kirre gemacht irre im knast
wir sahn einen scheckbetrüger & hielten ihn
für einen ehrlichen menschen wir sahn die
verwandlung
der ungeduldigen in frührentner wir sahn
wie ihr lächeln erstarb auf gesichtern
aus pappmaché & das süße wort freiheit
wurde verkauft
an allen straßenecken & enden

& die kaugummiblasen zerplatzten ich sah
dich an & ich sah mich
in deinen augen & etwas wie angst
vor der möglichkeit zu sterben
bevor man gelebt hat carmencita

& das sichtbare verschwinden
einer person in den ausreisehallen
verschiedenster airports europas ich sah
es gibt keine zweite & und keine dritte

welt – nur diese eine

3/
jede begegnung endet
in einem schweigen stärker als wände
aus beton stärker als wände aus verschweigen
stärker
als unsre angst vorm schwarzen mann oder
sonstwem carmencita ich will
dich jetzt küssn noch einmal aufn mund aufn bauch
nabel oder woanders hin. hin

& her getrieben zwischen den kontinenten
wünsch ich dir aus den rastern der großfahnder
zu falln & kleinren fahndungen zu entgehn
selbstverständlich
gleichen sich physiognomien & bekleidungsstücke
der sicherheitsbeamten & abschirmdienste
in caracas & mexico-city & erstaunlich
ist ihre fähigkeit sich zu bewegen wie unbekannte
komparsen in nebenrollen carmencita das weißt
du doch
besser als ich. als ich

dich sah spring lebendig am unteren rand des bild
schirms oder wars eine andre als ich dich wieder
sah via satellit hörte ich den gesang einer nachtigall
im dezember taute der schnee eine postkarte lag
im briefkasten ohne unterschrift ohne trauerrand

Sonnenfinger, früh

die sonnenfinger greifen an die wände
ich greif nach dir & hoff
dich zu begreifen

ist das ein anfang? ists ein ende?

die spatzen sitzen auf dem dach
& pfeifen

das alte lied: die menschenhaut für diese welt
ist ziemlich dünn
(wir sollten sie bedecken)
– noch sind wir unbedeckt
& tun was uns gefällt

„doch jeder muß sich nach der decke strecken"

ich strecke mich nach dir
werd ich dich je erreichen?
wir sind umstellt
von wänden
: es sind vier

das ist der raum (hier
setzt die zeit ihr zeichen)

die sonnenfinger tasten sich übers gestühl
& unsre menschenhaut wird wieder kühl

8 mm, schwarzweiß

hausfraun vorm bäcker rasseln mit beuteln &
netzen
januar februar märz die monate gehn
wohin gehn wir die hausfraun vorm bäcker
zwitschern die frau hinterm ladentisch
trägt einen weißen kittel mehlweiß
ist ihr gesicht teig ihre haut

ihre haut ist noch weich am abend tags überbacken
tags winken des tages mühn april april
flüstert der bienenstich aufm blech hinter der frau
hinterm ladentisch in grünkramläden
wispert der rotkohl der rotkohl
wispert eine erinnerung

brennholz für kartoffelschaln

ahnungslose passanten im laufschritt auf
plastesohln
an ihren handgelenken ticken die digitaluhren
unhörbar woran glauben wir noch beinah zufällig
quietscht die straßenbahn durch gedanken
schaufenster
scheiben blinde spiegel wellblech dachziegel

ein modejournal der vergangnen saison
mai juni juli august
september oktober grau schlaflose tage november
hinter den augen sitzt das vergessen
das vergessen sitzt hinter den augen der
schaufensterpuppen

die vor den schaufenstern stehn & sich spiegeln

& da fährt wieder die straßenbahn
& wieder fährt die straßenbahn weiter
durch den dezember wie durch einen beliebigen
monat
schaffnerlos & mit selbstschließenden türen

Jemand verteilt trockene Kekse in der S-Bahn

jemand kommt an jemand fährt ab
jemand hat etwas satt aber sieht hungrig aus
jemand verteilt trockene kekse in der s-bahn
jemand versucht jemand zu verstehn
jemand sagt ernsthaft ernsthaft
jemand denkt etwas entzieht sich jeder
beschreibung
jemand verteilt trockene kekse in der s-bahn
jemand erwartet jemand
jemand kommt nicht
jemand spürt wie sein herz immer schwerer wird &
immer tiefer sackt
immer tiefer
jemand heißt max & nimmt einen keks
jemand steigt aus jemand steigt ein
jemand hat sehr schöne augen
jemand ist wahnsinnig traurig & versteht den
surrealismus jetzt besser
jemand heißt friedel & kennt das leben
jemand verteilt trockene kekse in der s-bahn
jemand heißt barbara & will keinen keks
jemand sieht aus dem fenster obwohl nichts zu
sehn
ist
jemand sagt ich bin vollkommen fertig & muß
morgen
früh wieder raus
jemand kann sich über nichts mehr wundern
jemand vermißt einen großen gegenstand
jemand steht auf dem bahnsteig jemand geht
vorbei

jemand verschwindet mit dem letzten trockenen
keks
in der dunkelheit
& sieht die rücklichter der s-bahn in der dunkelheit
verschwinden

Unvollständige Beschreibung der Hauptstadt oder Die Kamera ist das Auge des Kameramanns

1.
gnadenlos schimmelt der mond vor sich hin
& ein rentner wedelt mit seinem großen reisepaß
vorm fahrkartenschalter einer der aussieht
wie einer der sein leben zertrinkt schwankt zum
ausgang

der mann von der trapo ist noch derselbe
wie vor sechs jahren auf dem gleichen bahnsteig
& wie damals fahrn die züge hinter der wand
in richtung der sonnenuntergänge & da drüben
geht ja noch mehr unter wie jeder weiß
ist die vier-kilo-packung dieses berühmten
waschmittels besonders preisgünstig
mit der sich ein älteres muttchen die treppe
raufquält

2.
oder zwei nonnen durchfahrn das bild
im wartburg-tourist die himmlischen schwestern
zwinkern mir zu – bin nich jesus?
als ich die friedrichstraße runter lief
standen schon welche vor der kleinen melodie
& es regnete wegen rohrbruch
war die bärenschenke zu aber irgendwo
mußt ich zigaretten holn

mein gott ausnem offnen fenster
flog ein ungekochtes hühnerei & klatschte

aufs pflaster & ich hörte diese eine musik
als ob woody guthrie mit cisco houston & sonny
terry
in sonem vergammelten hinterhaus ne session
durchzieht
aber dann kam der bus & in der wilhelm-pieck-
straße
fiel mir ein daß ich hier schon mal nachts
aufm gepäckständer eines fahrrads langfuhr mit
nem staubsauger im arm sogar die kipper
vom tiefbaukombinat machten uns platz

& alle ampeln blinkten gelb wie im ausland
da stieg eine ein die ich kannte & vielleicht
lieben könnte aber sie sagte du siehst
ganz schön alt aus obwohl ich gerade erst
geburtstag hatte & mich fühlte
wien junger gott oder sowas – doch plötzlich
bemerkte ich daß ich ein anderer war

3. (rückblende 1)
am bahnhof greifswalder straße war alles ganz
schwarz
vom kohlenstaub papierfetzen & abgerissne
zweige
flogen durch die luft
da krachte es schon & der blitz unwirklich blau
überm gaswerk schlug irgendwo ein
(kann sein er traf einen beim scheißen)
schon rasten rote autos & andre fahrzeuge
mit sondersignal vorbei & vorüber
mir wurden auf einmal die knie weich
& ich fühlte mich schlapp für einen moment

blieb ich stehn dann gings weiter
als ich das haus betrat in dem ich nicht zu haus
war
& die wohnung die ich nicht bewohnte
mußt ich mich abtrocknen wie einer
der kürzlich dem wasser entstieg

4. (rückblende 2)
jetzt isses soweit jetzt hamse mich breit
geschlagen für die neue innerlichkeit komisch
wieso
gerade jetzt rudi dutschke vom fahrrad fällt
obwohl er längst tot ist & der kinderwagen
aus eisensteins film holpert die treppe runter

& irgendwas zerbrechliches ist zwischen uns ich
hab angst dich zu berührn & dich nicht zu
berührn
& die erschütterungen entfernterer erdbeben
spürn wir wir können nichts machen nur zittern

& ich zittre schon wenn du mich ansiehst bleib ich
stumm
& still es gibt nichts zu zerreden

5.
& irgendwie baumelte die sonne wie ne blasse
zitronenscheibe am himmel – vielleicht war se
durchgebrannt
meine hand zwischen zeige & mittelfinger
war gelber
& irgendwie fuhr ich mit der s-bahn durch halb
berlin ein mann aus afrika der viel bessre zähne im

mund hatte als ich sagte in schöneweide muß ich
raus & ich sagte börlin is great & der lachte
weil afrika größer ist & außerdem
studiert er in dresden
& irgendwie wars noch dunkel aber schon hell
& ich fuhr vielleicht wasweißich in meine
erinnrung
& mir durch haupthaar in der nacht
zwischen zwei & drei wurden die uhrn vorgestellt
& es war wieder zu spät
alle kleindarsteller haubentaucher &
hochzeitspaare
kapiertens nicht eine fremde
aber irgendwie schöne frau sagte danke als ich
ihr den kinderwagen die treppe runter trug aber
ich lachte nicht als das kind papa sagte ich wußte
nicht warum
ich kopfschmerzen hatte & mich an alles
vergessne erinnnerte ich suchte
im telefonbuch von großberlin eine
telefonnummer die ich nicht fand ich stand
vorm spiegel & sah mein gesicht
nicht erst als ich mir florenakrem
auf die stirn schmierte war da was
weißes – & die verblassende sonne
& die zitronenscheibe am himmel hoch
oben & dann
flatterte wieder was unter meinen rippen & alles
war provisorisch wie immer aber
das läßt sich ertragen & ist unbeschreiblich

Und immer der Film im Hinterkopf

der abreißt/ in dem moment
trifft die kugel den kameramann

Geflüster

wie du abstirbst in meinen armen du arme
atmest unmerklich beton
brennt brennt nicht brennt

wie dein gesicht
erstarrt die mauersteine starrn
uns an so reglos so betäubt so

scherzarm wie schmerzreich so still

wie du abstirbst in meinen armen
im schatten der blue blue windows du arme
flüstre ich flüstre ich flüstre

dir was

Ansage

kies, kohle, silberlinge, geld –
das ist es nicht. was mich hier hält
sind leute, landschaften. wut. fantasie.
die wirklichkeit, knallhart. und die

erschreckend schönen spuren

realer utopie: NICHTS IST VERLOREN!
NICHT UNSER MUT. UND NICHT DIE WELT!
ES LIEGT AN UNS, ALLONS ENTFANTS,
JETZT ODER NIE!
DER HAUPTFILM LÄUFT. UND JEDER IST
DER HELD

Achtung Achtung

hier spricht kein automatischer anrufbeantworter
(wir leben im zeitalter der permanenten parodie)
rumpelstilzchen wurde erkennungsdienstlich
behandelt
& ins märchenland verbannt
achtung achtung
hier spricht die sogenannte stimme des herzens
man müßte nochmal zwanzig sein
& so verliebt wie damals
(wir leben im zeitalter der permanenten parodie)

& man kann sagen was man will
wenn man keine gedanken hat
muß man sich welche machen
achtung achtung
wir leben im zeitalter der permanenten parodie
hier spricht die stimme des herrn
oder irgendeines regierungssprechers
einer andern regierung
(wir leben im zeitalter der permanenten parodie)

die poesie wurde desinfiziert
die prosa hygienisch abgepackt
nur die berühmte prosa des lebens
funktioniert noch
wie eh & je
wir leben im zeitalter der permanenten parodie
(& grüßt mir die schöne garonne!)
achtung achtung
wir antworten automatisch

wir antworten halb automatisch
auf alle fragen
die nicht gestellt wurden
achtung achtung
die jäger sind auf dem langen marsch
hier spricht die stimme des prinzips
des prinzips hoffnung
nur mut
rotkäppchen

nur mut

Brothers In Arms

& blut schweiß & tränen
& ihre kinder
& einstürzende neubauten
& ton steine scherben
& keine macht
& für niemand
& turn turn turn
& der atlantische ozean
& unser kollektives gedächtnis
& tot ist tot
& gramcsis asche
& die faust in der tasche
& the brothers in arms
& ein schritt in die richtige richtung
& ein &
& wieder ein &
& eine schwangerschaft
& mit letzter kraft
& a little help to my friends
& strafvollzugsanstalten
& hochsicherheitstrakte
& gnadenakte
& all along the watchtower
& jonny rotten is not forgotten
& brothers in arms
& nah bei beirut
& my hometown
& rhythm & blues
& blues & trouble
& brothers in arms
& der regenbogen

& cross roads / south africa
& el salvador
& the brothers in arms
together together
& we don’t need another hero
& here comes the time
& der trohn stürzt ein
so soll es sein

Er kommt zur Welt

er kräht
er wird gewindelt & gewickelt
er wird gemessen & gewogen
er entwickelt sich
er lallt
er erlernt eine sprache
er faßt alles an
er will alles begreifen aber
er begreift nicht alles

er bewegt sich kriechend
er riecht an blumen
er macht die ersten schritte
er macht sich in die hosen
er macht sich gedanken
er trainiert den aufrechten gang
er wird abgefüttert
er heult

er heult rotzblasen & dreierschnecken
  & man beruhigt ihn
    & man sorgt sich um ihn
      & man gibt ihm ein spielzeug
        & man sagt ihm das darfst du aber
          nicht aber er

er wächst heran
denn er will groß werden
er will nicht so klein bleiben
er will sich nicht klein kriegen lassen
er läßt sich nicht mehr entwickeln

er macht den mund auf
er hält den mund
er beißt die zähne zusammen
er beißt sich durch
er könnte zum schwein werden! aber
er ist kein tier
er macht die augen auf
er kann sehen
er macht die augen zu
er kann da nicht hinsehen
ihm wird schlecht aber

er will gut sein
er will fröhlichsein & singen
er will essen
er will lieben
er will das gras wachsen hören
er will berührt werden
er will mehr
er will mehr vom leben
er will keine wassersuppe
er will im freien spazierengehn
er will den kopf oben behalten
er will nicht untergehn
wenn er untertaucht
wenn er untertauchen muß
wer auch immer er ist
er ist einer
er kommt auf sich zu
& er kommt zu sich
er wird was

& er wird was er sein will

: mensch :

wenn man ihn kitzelt
muß er lachen
wenn man seine haut ritzt
blutet er

Gedicht

das rauschen der niagarafälle
während in der sahara schnee fällt

die letzten gedanken einer roten waldameise
bevor sie zwischen daumen & zeigefinger
zerquetscht wird

der sogenannte gegenwärtige weltzustand
aus 100 jahren entfernung

das seltsame knistern zwischen zwei menschen
die einander zufällig berührn

das untertauchen kapitän nemos mit der nautilus
in der kanalisation einer großstadt

das sternbild der kassiopeia
aus der sicht eines hungrigen maulwurfs

das plötzliche innehalten & lauschen
zwischen einatmen & ausatmen

die plötzliche stille

M wie Majakowski

ICH LIEBE / LILJA! Halte Reden,
den Mund voller Steine / NIEDER MIT DEN
GRENZEN
DER LÄNDER UND DER STUDIOS! / ES LEBE
DIE EINHEITSFRONT DER LINKEN!

Nach Vaters Beerdigung verblieben uns drei Rubel
„Taktik des Straßenkampfes" und so weiter.
Dann wieder kurzfristig eingelocht. Man nahm mir
den Revolver ab / Butyrkigefängnis,
Einzelzelle Nr. 103

LIEBES, LIEBES ELSLEIN!

Machte mich auf und davon nach Finnland.
Kuokkala.
Beim Barras glänze ich frech durch Abwesenheit.
Halte Vorträge: „Die Bolschewiki der Kunst."
Vollendete das „Mysterium". Trug es vor.

SETZT MAN NICHT AM BESTEN
DEN SCHLUSSPUNKT / MIT EINER KUGEL /
INS HERZ? / DAS BIN ICH
DER SEIN HERZ ALS FAHNE GEHISST /
WAS IM ZWANZIGSTEN JAHRHUNDERT /
EIN UNERHÖRTES WUNDER / IST

Beginn der Niederschrift der „Fünften Internationale",
an der ich das dritte Jahr arbeite. Da soll gezeigt
werden,

wie in fünfhundert Jahren die Kunst aussieht.
Mache viele Auslandsreisen.

UND DA IST NUR NOCH / DER BLUTIGE
METZGER
NAMENS ABENDROT / DER DIE
AUSGEWEIDETEN WOLKEN HÄUTET
WAS? WER ERSCHOSS SICH? / ICH
SOLL MICH ERSCHOSSEN HABEN?

Mexiko City wirkt flachgebaut und farbenfreudig.
Ganz Paris wimmelt von kleinen Kramläden der
Künste.
Die Amerikaner lieben Sellerie.
In Deutschland geniert man sich, Verse zu
schreiben,
weil es als alberne Betätigung gilt.

TEURES, LIEBES, WUNDERVOLLES UND
TRAUTES MIEZCHEN!
SEI NICHT TRAURIG, KINDCHEN . . .

Stelle mich in der Arbeit bewußt auf Journalistik um.
Feuilleton, politische Parole.
Unternehme Städtefahrten und rezitiere.
Bringe den „Lef" wieder auf die Beine (es hat den
Versuch gegeben, ihn „abzubauen"), –

LILITSCHKA! / TEURES, TRAUTES, LIEBES
UND GELIEBTES MAUZCHEN / NEIN
ICH VERWEIGERE EUCH DAS VERGNÜGEN /
MICH BIS ZUM FREITOD
KLEIN ZU KRIEGEN

Viele haben geäußert: „Ihre Autobiographie
ist nicht sehr ernsthaft." Das mag stimmen.
Ich schreibe nur wenig. Mein Kopf versagt.

Ich hege und hegte keinerlei Meinungs-
verschiedenheiten
gegenüber der generellen literaturpolitischen Linie
der Partei

ABER ICH HABE KEINEN AUSWEG MEHR /
LILJA, LIEBE MICH
GENOSSE REGIERUNG / DAS IST KEINE
ART / IM ERNST
DA IST NICHTS ZU MACHEN / LASST,
DIE IHR BLEIBT
ES EUCH GUT GEHEN / VERZEIHT MIR /
UND ICH RATE ANDERN
DAVON AB

– ich hätte diesen Raufhandel bis zum Schluß
durchstehn sollen.
In meiner Tischlade liegen 2000 Rubel;
tilgt damit meine Steuerschuld.
12/IV – 30 W. M.

Adoptiertes Gedicht

wo seid ihr hingeflogen? o ihr pläne!
ich find euch noch: und wär es auf dem mond!

um die verkommnen keine träne.
nur um die umgekommnen.

hat es sich gelohnt? dafür?
ach, ich werd wach, ich liege

im straßengraben. und ich fantasier.
verdammt! jetzt langts! ich mach ne fliege!

– eh ich hier liegenbleib,
und sanft krepier –

(Nach Chlebnikow, 1922)

In allen Sprachen / Nach Eluard

in allen sprachen
in allen sprechblasen
abgelutscht & zerkaut
zerknautscht & zerbissen
zischeln sie deinen namen

schakale & heilsbringer
sonntagsredner & würdenträger
völkerschlachtexperten & folkloristen
mit pauken & trompeten
verkünden sie deinen namen

deinen verstümmelten namen
den sie sich an die brust heften
den sie auf ihre fahnen schreiben
den sie besudeln
indem sie ihn nennen

salbungsvoll & priesterlich
predigen sie deinen namen
um ihn auszulöschen
in unserem gedächtnis
brüllen sie deinen namen

in allen hitparaden
in allen versandhauskatalogen
in allen himmelsrichtungen
preisen sie deinen namen
verkauft & verraten

dein mißbrauchbarer name

dein vertrauter name
bis zur unkenntlichkeit
verzerrt & verbogen
zertreten im dreck

wie soll ich dich nennen
wie soll ich dich nicht nennen

ich hebe dich auf
ich erkenne dich wieder
ich schreibe deinen namen neu
ich buchstabiere dich täglich
in allen sprachen

FREIHEIT

Das A & das O

das A ist der anfang
          & der aufgang
          & der abgang
A wie anfassen
   wie ast
   wie aufenthalt
oder avignon angeln algen aktentasche

A wie affentheater
   oder afrika
     oder angst
      oder ach!

das A ist abenteuerlich
das A ist alles & das leben
das A bist du
& das A bin ich

& jetzt das O: o! (oh la la)
das O ist ein obdach
          oder ein ochsenkopf
          oder ein ofen
vielleicht auch das ohr
vielleicht o-beine
eine obsolete ode oder das oder
okzident omelett ordnung orakel

O ist originell
O ist o. k.
O ist die kunst & alles was A ist
das A & das O sind das A&O

(arafat orfeus archipenko onassis u. s. w.)
das A&O ist jeder
(ich du er sie es wir ihr sie)
das A&O ist die antwort
das A&O ist die offenbarung

& natürlich das A&O
(was nicht weiter verwunderlich ist)

35 Zeilen / Zwischen Tür & Angel

mit offenen armen
mit geschlossenen augen
schulter an schulter
hand in hand
(in stadt & land)

handball im schnee
(schneeball im klee)
mit offenem mund
mit hängender zunge
auge in auge

zahn um zahn
um haut & haar
von kopf bis fuß
hinter schloß & riegel
mit offenen ohren

jacke wie hose
auf feldern in ställen
in wäldern auf fluren
auf schritt & tritt
in saus & braus

in bausch & bogen
über kurz oder lang
von hinten & vorn
(über kimme & korn)
von oben bis unten

himmel & hölle
sonne & mond
katz & maus
nieren & herz
mit messer & gabel

mit sinn & verstand
mit offenen augen
mit geschlossenem mund
mit gemischten gefühlen
zwischen Angel & tür

Eine Zeitung aus der Wasserleitung

ein kriminalroman in der straßenbahn
eine douglastanne in der badewanne
ein taschenbuch im taschentuch
eine träne aus lambarene
eine cousine in der vitrine
eine mandarine (pur!)
eine güldene sprungdeckeluhr
eine explosion unterm trohn
im schneckenhaus eine fledermaus
ein faun hinterm zaun
ein archivar am traualtar
eine schneise
eine ameise
(auf alle fälle tischtennisbälle!)
ein elefant aus lappland
zwei poeme ohne probleme
ein spagat im spinat
ein wasserfall im weltenall
ein wangenrot mit knäckebrot
(rehe in der nähe!)
ein wunderbar gekräuseltes nackenhaar
rundumkultur rund um die uhr
ein flächenbrand am badestrand
eine windel ohne kindel
ein trauerflor im ofenrohr
ein blitzableiter
& so weiter

Auslegeware

dieses gedicht meine damen und herren
ist freundlich zu ihnen. es will
sich gebrauchen lassen. sie können
es anfassen (sie könnens auch lassen).
sie können was reinlegen
sie können sich draufsetzen
sie könnens auch pflegen
oder zerfetzen.
es ist freundlich zu ihnen.
es läßt sich auslegen (wie
und wohin auch immer sie wollen).
bitte nehmen sie es entgegen!

Solo

so lonely
so lonely
so lonely
so lonely
so lonely
so lonely
so lonely
so lonely
so lonely
so lonely
so lonely
so lonely
so lonely
so lonely
so lonely
so lonely
so lonely
so lonely
so lonely
so lonely
so lonely
oh
so lonely

Zur Feier des Tages

des abends des morgens
des mittags der nacht
des frühstücks des frühlichts
des mondlichts der spätschicht
der wochen der jahre
des jubels der stunden
der trauer sekunden
des frohsinns des dumpfen
dämmerns der stumpfen
der massen der großen
der kleinen gemeinen
der krummen der graden
der hunde der faden
der satten der glatten
der teuren der billigen
preiswerten willigen
der guten der schlechten
der falschen der echten
der klugen der dummen
der stummen der lauten
der bauten der zeiten
der weiten der ferne
der erde der sterne
der tage der feier

mensch meier

An irgendeinem Freitag

1
so sitzen.
so sitzen, auf einer hölzernen bank.
auf einer hölzernen bank und langsam, ganz
langsam,
zusammensacken.

2
sang da nicht eine nachtigall?

3
der kopf sinkt. auf die brust.
die beiden arme hängen an ihren befestigungen.
die zehn zehen berühren den boden.

4
an irgendeinem freitag, wenn zwischen den zehn
zehen
ganz kleine grüne zarte spitzen einer
einheimischen
pflanzenart hervorsprießen, hat man lange genug
gesessen.

5
dann sollte man sich zusammenreißen.
dann sollte man aufstehn.
dann sollte man sich auf den weg machen.

6
und an der nächsten hölzernen bank einfach
vorbeigehn.

Statement

ich kenne das alfabet aus dem effeff: ah
bee zeh(c) dee eh eff geh ha(!) i(iii)
jott(gott?) ka ell emm(M?) enn oh pee
kuh(q) err ess thee uh vau(pfau?) weh(!)
ix ypsilon zett !!! ich kann das kleine

ein mal eins auswendig (von 1 mal 1 bis
10 mal 10) ich könnte mit hilfe eines
elektronischen taschenrechners auch das
große ein mal eins zwei mal zwei drei mal
drei (etcetera) & mein mindestwortschatz

enthält wörter wie flußpferd schienenfahr
zeug elektriker bikini (beispielsweise)
aber auch atoll disponilität arivederci
eukalyptus & mittelalterlicher stadtkern
sind mir durchaus geläufig (and last but

not least: gießkanne) ich kenne die farben
krapplack ultramarinblau & neuerdings
pink (:sie trug einen pinkfarbenen blazer)
ich weiß die nachtigall vom zilpzalp zu
unterscheiden weiß auch den unterschied

zwischen lkw & pkw heimweh & fernweh
zu würdigen ich kenne die verschiedensten
ansichten von menschen & tieren (en face
et en profile) – allerdings muß ich be-
fürchten mich selbst nicht zu kennen aber
noch besteht hoffnung: der mensch lernt
nie aus

48 Sekunden vor Mitternacht

von abstraktion zu abstraktion
weite & vielfalt
einfalt & enge
rauchen ist schädlich
der tag geht zur neige
ohne gehässigkeit
& ohne zynismus
lerne ich sprechen
klar wie kloßbrühe
von abstraktion zu konstruktion
von destruktion zu konkretheit
ich sage banales
(ha ha: ja auch ich!)
der konsens ist mehr
mehr als nur nonsens
ich bin für die rahmbutter
im rahmen der möglichkeiten
wie der spatz von paris
(genau lieber leser!
wie edith piaf!)
bereue ich nichts
keine taten & keine
unterlassungen nein
keine sünde ohne gründe
ich weiß was ich weiß
& der binnenverkehr
wird fortgesetzt
von kursbuch zu kursbuch
von juni bis mai

& one two three
heißt eins zwei drei
naja
: der tag ist vorbei

Verlautbarung

ich bin für die laute
ich bin für die lauten
ich bin für die leisen

ich bin für die selbstlaute
ich bin für die mitlaute
ich bin für die umlaute

denn ohne laute wär es sehr still
auf erden

Huldigung

o du graziler grashüpfer!
grimmig grün im grind des grals
himmlischer heu schreck gefräßiger grizzly

o du günstling glänzenden windwetters!
o du grünlicher gammler des graslands!
o du gütiger gast graufarbener grillabende!

gräflichen grams gutmütige grille
glanzschwarzer grübelnder gangster ganzer
gemeinden
gernegroß glitzernden gefunkels gefährte
glotzender grabengraf greinender gaffer

o du glückliche größe grotesker gratwanderung
o du gefährdetes geschöpf unter glühend
grapschenden
griffen & grinsenden grimassen gemütlich
gemartert
in granitenen gärten!

o du gemeiner grashüpfer du göttliche grille
des grafikers gottfried garbe des geistreichen
grogtrinkers!

o du glasklares grafisches blatt gold grundiert: o!

Als das Kind laufen lernte

sagte die mutter zum kind kind pass auf
in der dunkelheit tappst du im dunkeln
rutschst in fallgruben fängst dich in netzen
den fallen & fangeisen fällst du zum opfer

& über die ohren ziehn sie das fell dir
die pelzjäger kommen & schlachten dich ab
oder sie richten dich ab durch die nase
ziehn sie dir dann einen eisernen ring

& führen dich an an deiner nase
herum oder stelln dich zur schau hinter gittern
drum sei nicht so dumm kind & pass auf dich auf
(sagte die bärin zum bärenkind) also

nimm dich in 8 tappst du dunkel ins dunkel
oder nimm dir doch unsre laterne mit raus

Dritte Person

sie sah so ähnlich aus wie die
die ähnlich aussah so wie die
die dieser ähnlich war sie ähnelt
jener person die so aussah
wie dieser dieser ähnelt die
der ähnlich ist & dennoch ist sie
nicht diese oder jene: sie ist die
die sie ist denn sie ist die dritte

person (obwohl sie zweifelsohne
den ersten beiden etwas ähnelt)

99

jahre möchte ich alt
werden & in jedem ja
hr müßte ein foto vo
n mir gemacht werden
& das letzte aufm st
erbebette & wenn ich
dann tot bin möcht i
ch mir alle diese 99
fotografien noch mal
in ruhe ansehen amen

Man soll eine Prinzessin

nicht in den kleinen zeh beißen man soll
eine prinzessin nicht in den großen zeh
beißen man soll eine prinzessin nicht in
den fuß beißen man soll eine prinzessin
weder ins knie noch ins bein beißen man
soll eine prinzessin überhaupt nicht
beißen kratzen kneifen & derlei man soll
eine prinzessin auf händen tragen oder
gar nicht erst anfassen   aber
wem sage ich das falls die monarchie ab-
geschafft wird????????????????????????

Mein Herz ist eine saure Gurke

diese behauptung sollte man einem gebildeten
jungen menschen nicht zutrauen, aber man muß

es wohl oder übel, ich hab es vernommen,
er sagte: mein herz ist eine saure gurke

& völlig ernst, daß man glauben mußte, sein herz
wär eine saure gurke. aber warum

machen sie sich darüber gedanken, sagte er
& verschwand wieder im spreewald

Fixes Gedicht

präfixe
suffixe
fix
&

fertig!

Ohne Datum

ohne uhrzeit
ohne ortsangabe
ohne zu zittern
ohne frage
ohne unterschrift
ohne bedenken
ohne sentimentalität
ohne befund
ohne vordergründigkeit
ohne mit der wimper zu zucken
ohne gefühl
ohne zu wackeln
ohne bedeutung
ohne vorurteile
ohne öffentlichkeit
ohne euphorie
ohne geschmack
ohne gedanken
ohne vorahnungen
ohne besondere kennzeichen
& ohne zu wissen
was kommt

(ohne gewähr)

Von links oben nach unten rechts / Ein Text

links oben beginnt der text & führt uns
über eine brücke aus wörtern zu einer
wirklichen brücke welche von fahrzeugen
& fußgängern überquert wird am brücken
geländer hängt ein rettungsring kähne
& schwäne schwimmen unter der brücke hin

durch & als ich auf der brücke stand
& ins wasser spuckte hatte ich keine
angst mehr dass die brücke einstürzen
könnte – berlin hat mehr brücken als
venedig – aber das nur nebenbei: der text
führt uns weiter durch eine strasse

deren poesie bestenfalls in nackter
prosa zu beschreiben wäre & wir hatten
uns ja auf eine erzählung geeinigt also
sind beschreibungen unzulässig oder
sollte ich mich irren – wir verlassen
schleunigst die strasse & verweilen

kurz in einem lokal welches café heißt
& wärmen uns ebenso kurz auf denn es
ist inzwischen winter geworden mit
frost eis & schneesturm in den oberen
beskiden & der text verdichtet sich
immer mehr – um dem vorwurf des schwer

verständlichen oder gar hermetischen
zu entgehen führt uns der text in
kurzen
          schnellen
                    schritten
einem möglichen ende entgegen ohne ans

ende gekommen zu sein & ohne die be-
deutenden zeitfragen auch nur gestreift
zu haben – vom versäumnis die mythologie
der antike aufbereitet einbezogen zu
haben ganz zu schweigen – denn vorläufig
endet der text hier.   unten rechts.

Keine Anhaltspunkte

nur haltestellen. die straßenbahn. der
kohlenwagen. grau
ist der schnee. – weitere fragen?

die pappelallee. der schnee,
der taut. das tauwasser. (schlägt kleine
wellen.)

nach eisbein riechts.
& sauerkraut.

keine anhaltspunkte. keine fragen.
die straßenbahn.
die haltestellen. grau

ist der schnee. der kohlenwagen
ist schwarz.
okay?

Verflucht & zugenäht

sagte das tapfere schneiderlein
& verlor den faden.

Oh Flohrangss!

... Zwar sind alle Worte, die ein solcher Zustand hervorbringt, nur als Symptom eines Wollens noch sinnvoll, in ihrer besonderen Bedeutung aber fortwährend den größten Schwankungen überlassen und – wie es scheint – beliebig vertauschbar ... Je mehr die Gegenstandswelt in der Vernebelung des Bewußtseins entschwindet, desto stärker und wüster kommt der Anspruch zum Vorschein, Gehör zu finden und den beliebig herangezogenen Partner sich nicht mehr entgleiten zu lassen, als könnte man sich in ihm der ganzen Menschheit verklammern ...

(Werner Kraus)

Blasser Blues

hop
wir sten vor hoff
nung wir hüpften

in the darkness
in der dunkelheit
dunkelkeit

still
stolz
& menschlich

& da sag ich wieder
& da sahgkich wie der
florence

du

dubdidubidu

& da sagich
nichts mehr

meer

von den seltsam
ertrunknen

in flüssen
im meer
immer
im mehr

Soft Eis im Mai

die
un
verhältnis mäßigkeit
der mittel
am spittel
                                        markt

& ich verliere
mei
mai
meinen guten ruh
                                                huf
(uff!)

ich schnief schnauf & schnuff

florence

o lieb
lingin
schade
schade dass du
                        dass du nicht
                                                nicht hier

hierarchien

ei (verdamment) la
wjuh
hu hu

Schnee Nee Wald Zerr

ins ach & ins lach & ins flach
hach
land tand
krach

die stimme die stumme & normen
(norman)

& sinne & formen (forman)

ekl

ecktisch & e
lecktrisch

nee nee

aber doch
unterm schnee

: die b
laue blume

der roman
tick

aus getrick
st

sssssssssssssssssssssssssssssst !!!!!!!!!!!!

Se schlank en Ei

wos hin fehlt & wie
die liebe
so länglich
& sense

sensebilisiert
(sensibilisiert)

wir muessen verruekkt sein
wir muessen verruekkt sein
wir muessen verruekkt sein

aber dann
sind wir bloss

bedruekkt
bedruckt
zuckt

hasta la vista
trainen träning

& dann werd ich nerv
ös

& da sagte sie
auf
gepasst

ohne hast

wirste gekid
seld

oder geschasst

An F.

wohin wir uns
wünschen
& wunsch
los

& wie leicht
  wie leichd
  wie laicht
  vieh
  vielleicht

sei nichd trurick voll teer
(voltaire)

end
weder
oder
o der wie der
& die wie die

bloss wir sind die 1zigen ver2felten
ohne kränze
ohne grenze

wir muessten viel öfter ver2feln
sonst werden wir öfter ver1amt

wenn du
wennde

wohin
du dich wendest

wände

o Possum

liebers noch ein opus & kein
opossum
liebern o possum alsn q possum
naja

ich hab das bild von hans baldung
grien gesehn & weiss
bescheid

scheit

scheitel hab ich links wo das
herz is

wo das herz is is links
wo der daumen rechts is

t

& die zeit
die vergeht
& vergeht

leute
bloss heute?

häute

7

zwerge gibts & sie
& sie
& siebe & sie
ben berge & brücken über
die man gehn muss

denn wir wissen ja über
sieben b b b rücken musst du gehn
sieben ängste (engste) über
stehn

> & jetzt sag ich schon wieder florence
> (also flohrangss) & ich hoffe

immer noch & noch
& doch & doch & doch

dass du jetzt erst recht
echt

florence
b
 leib

in diesem sektor
lieber in speck

tor

druekk 1 auge zu (zulu)

Noch 1 Gedicht fuer Florence

yeah yeah yeah
ich produdsiere wörter fuer den all
gemeinen
verbrauch
& rauch

florence & ich esse florentiner tomatensuppe
nur für dich

für dich & für mich
& ich sage floh rangss
florence

ich sage nicht hoffnung aber ich kann noch

hoffen

ich sage nicht sehnsucht aber ich kann mich

noch sehnen

florence

das wasser ist viel zu tief
das wasser ist viel zu nass

(kein auge)
(bleibt trocken)

Oh Flohrangss!

Anmerkungen zu „Oh Flohrangss"

Blasser Blues – „in the darkness", engl.; vgl. hierzu u. a. the darkside of the moon, dancing in the dark, power of darkness etcetera; darkness heißt soviel wie dunkelheit.

Soft Eis im Mai – „soft", ebenfalls engl.; sanft, mild, weich; aber auch sacht, zärtlich.
„spittel/markt", wahrscheinlich ist spittelmarkt gemeint: berliner untergrundbahnstation im stadtbezirk mitte

O Possum – der titel erinnnert an opossum (eine beutelrattenart), wir bleiben allerdings auf vermutungen angewiesen. „hans baldung grien", dt. maler & grafiker, 1484–1545; „Atmete das frühe Schaffen Hans Baldungs revolutionäre Kraft und Sehnsucht, scheint sich in seinen Werken seit den 30er Jahren zunehmend eine gewisse Enttäuschung und sogar Hoffnungslosigkeit auszubreiten, kühlt kritische Distanz seine ehemalige leidenschaftliche Anteilnahme

empfindlich ab." (Edith Neubauer)
auf welches bild sich der text (o possum) bezieht, konnte mit sicherheit nicht ermittelt werden; vorstellbar wäre z. b. „Die sieben Lebensalter des Weibes" o. ä.

Schnee Nee Wald Zerr – „norman", evtl. ist norman mailer (nordamerikanischer schriftsteller) gemeint.
„forman", womöglich ebenfalls nordamerikaner. vielleicht filmregisseur?

An F. – „voltaire": filosof & schriftsteller, wird als hauptvertreter der frz. aufklärung bezeichnet, starb im 18. jahrhundert. (30. 5. 1778)

Se schlank en Ei – „hasta la vista", span.; auf wiedersehen (chíao)

7 – „zulu", auch sulu; bantuvolk in natal, im 19. jahrhundert militärisch straff organisiert von dem häuptling TSCHAKA, der dem vordringen der briten und buren großen widerstand leistete.

Noch ein Gedicht fuer Florence – „Florence", weibl. vorname, besonders in französischsprachigen gegenden der welt verbreitet.
„florentiner tomatensuppe", nomen est omen; anzunehmen ist, daß es sich hier um eine Suppe handelt, die ursprünglich aus florenz (italien) stammt.

Ferlinghettis Sakko

a) ferlinghettis sakko
b) ist nicht identisch mit ferlinghettis sakko
c) ähnlichkeiten mit lebenden
& toten personen
wären somit rein zufällig
d) die handlung allerdings
e) beruht auf authentischen
vorgängen
f) sie ist nicht frei erfunden

à suivre

mir kann keiner mehr
was vormachen ich fürchte
mich kaum noch seit mir
der kleine schmuddlige mann
über den weg lief ahne ich
manches

läuft über oder läuft
schief (wie der kleine mann
der mir über den weg lief)

aber o!

ein zipfel von ferlinghettis sakko
ragte klamm heimlich aus
der bebilderten plastetüte
raus:

(à suivre)

Ferlinghettis Sakko

o wie die fellachen lachen
wie sich die kalmücken bücken
& die ottomanen mahnen
o wie diese parzen schnarzen
wie schwadroner schwadronieren
wie extrakte extrahieren
ach wie die enklaven schlafen
wie die bagatellen quellen
& wie die hyänen gähnen
das ist sicher auch sehr wichtig
doch in diesem falle nichtig
denn hier gehts nicht um tobacco
hier gehts nur noch um das sakko

Die Muhme

sie sieht noch
ganz anständig aus
& sorgt für orden
tlichkeit im haus
sie putzt & scheuert
blitzblank & takko
nur in den nächten

träumt sie
träumt sie
träumt sie
träumt sie
träumt sie
träumt sie
träumt sie

(von ferlinghettis sakko)

Unheimliche Begegnungen anderer Art

erstens : frauen in wintermänteln im sommer
zweitens : barfüßige männer im winter
drittens : ein rollender rollmops in der
dämmerung
viertens : mit rücklicht
fünftens : ich glaubte meinen augen nicht
zu traun als ich im schaufenster
des gebrauchtwarenladens
ferlinghettis sakko liegen sah
sechstens: & am nächsten tag
wars (wieder) verschwunden

Gegrillter Truthahn mit Milchreis

der zeit gemäß wärs jetzt den schnabel zu
halten & nicht auf

& nicht zu stolpern

denn da liegt wieder ferlinghettis sakko
im grünenden grase oho

sub sole nihil perfectum

ich saß am schreibtisch bei krähwinkel
bei offnem fenster. und ein windhauch
durchfuhr die kammer. die beschriebnen
blätter holzhaltigen papiers
verstreuten sich. es roch nach äpfeln
leicht angefault. – das kennt man
doch schon von schiller! ja auch ich

auch ich bin dichter. deshalb mußte
ich all die vielen bunten blätter
zusammensammeln. und ich bückte
mich tief griff dies und das. und jenes
und jenes. meine manuskripte
sind mir was wert. denn das ist arbeit
so suche ich auch unterm bett

: da lag was. etwas grob kariertes
aus kammgarnwolle. und ich fühlte
ein schaudern. nein! nein! nein!
nicht schon wieder! das darf nicht sein!

und doch lag unterm bette jenes
berühmte sakko ferlinghettis . . .

Abendliedchen

naja. das kann ich auch:
auf versfüßen stolziern, welche uns zieren.
grashalm blume & strauch
(es reimt sogar.) auf allen vieren
krauch /kriech ich zu den tieren
hinan.
wohin wird das noch führen?
& wann?

erscheint das sakko?
von lawrence ferlinghetti?

itzo. kunst ist, was man trotzdem macht.
bye bye my love. gut nacht.

konfetti!

This Is Not A Love Song

das ist kein liebes lied
das ist kein böses lied
das ist kein augen lid
das ist kein amalgam
das ist kein glockenklang
das ist kein blumengruß
das ist das was es war
das ist das sakko ferlinghettis
nur hat das sakko ferlinghettis
mit ferlinghettis sakko freilich
gar nix zu tun: das ist
this is not a love song
(das ist kein böses lied)
(das ist kein augen lid)
(das ist kein amalgam)

Prosper Mérimée schrieb Carmen

. . .
. . .
. . .
joseph roth schrieb hiob
james joyce schrieb finnegans wake
welemir chlebnikow schrieb die schramme am
himmel
stefan zweig schrieb sternstunden der menschheit
julio cortázar schrieb rayuela
francois rabelais schrieb gargantua & pantagruel
bertolt brecht schrieb im dickicht der städte
marcel martinet schrieb die tage des fluches
gabriel garcia márquez schrieb hundert jahre
einsamkeit
raymond chandler schrieb the lady in the lake
erich kästner schrieb die schule der diktatoren
villiers de l'isle-adam schrieb die marter
der hoffnung
g. w. f. hegel schrieb (die) phänomenologie
des geistes
robert louis stevenson schrieb die schatzinsel
peter hille schrieb ein großer lump schreitet
durch die himmel
adalbert von chamisso schrieb peter schlemihls
wundersame geschichte
friedrich hölderlin schrieb (die) hälfte des lebens
rosa luxemburg schrieb briefe aus dem gefängnis
hermann hesse schrieb unterm rad
johannes bobrowski schrieb die ersten beiden
sätze für ein deutschlandbuch
sebastian franck schrieb paradoxa

christian morgenstern schrieb sämtliche galgenlie-
der
jean-paul sartre schrieb la nausée
robert merle schrieb hinter glas
georg lukács schrieb die eigenart des ästhetischen
italo calvino schrieb die unsichtbaren städte
dylan thomas schrieb o make me a mask
...
...
...

(dieter kerschek schrieb ferlinghettis sakko)

Inhalt

Der Spaß an der Sache *5*
Schein Kontrolle *6*
Die Gerüche *7*
Geräusche *8*
Komm Mond *10*
„The Best Of Janis Joplin“ *11*
Sonne bleib *12*
Prost Till *13*
Fernfahrkarte *14*
Aber *15*
Aufruf *16*
Schweigen *18*
März oder Victor Farris ist tot *19*
Still ruht der See im April *20*
Mai-Losungen *21*
Der Juli fängt an *23*
Landschaft mit Strandhafer *24*
Strand *25*
Cao Sao Vang *26*
Das wollte ich schon immer *27*
Wer weiß, was es ist *29*
Desire, Wunsch, Verlangen *31*
Achten Sie bitte auf Zimmerlautstärke *32*

Neuerdings ist alles anders *34*
Als wir um die ecke bogen *38*
Kassiber oder Legende von Carmencita *40*
Sonnenfinger, früh *45*
8 mm, schwarzweiß *46*
Jemand verteilt trockene Kekse
in der S-Bahn *48*
Unvollständige Beschreibung der Haupstadt
oder Die Kamera ist das Auge
des Kameramanns *50*
Und immer der Film im Hinterkopf *54*
Geflüster *55*
Ansage *56*
Achtung Achtung *57*
Brothers In Arms *59*
Er kommt zur Welt *61*
Gedicht *64*
M wie Majakowski *65*
Adoptiertes Gedicht *68*
In allen Sprachen *69*
Das A & das O *71*
35 Zeilen / Zwischen Tür & Angel *73*
Eine Zeitung aus der Wasserleitung *75*
Auslegeware *76*
Solo *77*
Zur Feier des Tages *78*
An irgendeinem Freitag *79*
Statement *80*

48 Sekunden vor Mitternacht *81*
Verlautbarung *83*
Huldigung *84*
Als das Kind laufen lernte *85*
Dritte Person *86*
99 *87*
Man soll eine Prinzessin *88*
Mein Herz ist eine saure Gurke *89*
Fixes Gedicht *90*
Ohne Datum *91*
Von links oben nach unten rechts / Ein Text *92*
Keine Anhaltspunkte *94*
Verflucht & zugenäht *95*
Oh Flohrangss! *96*
    Blasser Blues *97*
    Soft Eis im Mai *98*
    Schnee Nee Wald Zerr *99*
    Se schlank en Ei *100*
    An F. *102*
    o Possum *104*
    7 *105*
    Noch 1 Gedicht fuer Florence *106*
    Anmerkungen zu „Oh Flohrangss“ *107*
Ferlinghettis Sakko *110*
    à suivre *111*
    Ferlinghettis Sakko *112*
    Die Muhme *113*
    Unheimliche Begegnungen anderer Art *114*

Gegrillter Truthahn mit Milchreis *115*
sub sole nihil perfectum *116*
Abendliedchen *117*
This Is Not A Love Song *118*
Prosper Mérimée schrieb Carmen *119*